LIVRO DE HISTÓRIA

DC COMICS SUPER HEROES

BATMAN

PRISIONEIRO DO PINGUIM!

Batman criado por Bob Kane

Escrito por
Scott Sonneborn

Ilustrado por
Luciano Vecchio

Sumário: Mais uma vez, Batman pega o Pinguim no flagra, o que significa mais tempo de prisão para o vilão. Como o criminoso tem o péssimo hábito de escapar de sua cela, dessa vez, o Cavaleiro das Trevas o entrega a uma prisão de segurança máxima impenetrável. Mas, mesmo por trás das barras sólidas, Pinguim encontra uma maneira de assumir o controle... e nomeia-se diretor! Com todos os criminosos sob seu comando, ele tem um plano para libertar seu novo exército na cidade de Gotham City. A única chance que Batman tem de impedir que o exército inteiro do Pinguim fique livre é entrar na prisão e lutar contra o criminoso em seu próprio território...

IBC – INSTITUTO BRASILEIRO DE CULTURA LTDA
CNPJ 04.207.648/0001-94
Avenida Juruá, 762 – Alphaville Industrial
CEP 06455-907 – Barueri/SP
www.revistaonline.com.br

Editora: Priscilla Sipans
Redatora: Marianna Martins
(redação@editoraonline.com.br)
Coordenador de Arte: Rubens Martim
Programador Visual: Renato Darim Parisotto
Vendas: Tel.: (11) 3393-7723 (vendas@editoraonline.com.br)

CIP-BRASIL. CATALOGAÇÃO-NA-PUBLICAÇÃO
SINDICATO NACIONAL DOS EDITORES DE LIVROS, RJ

B337

Batman livro de história --. 1. ed. - Barueri, SP : On Line, 2018.

ISBN 978-85-432-1790-1

1. Ficção infantojuvenil brasileira. I. Título

18-47330 CDD: 028.5
CDU: 087.5

23/01/2018 23/01/2018

ÍNDICE

CAPÍTULO 1
A PERSEGUIÇÃO! 7

CAPÍTULO 2
PRISIONEIRO! 23

CAPÍTULO 3
PUNIÇÃO! 37

CAPÍTULO 4
O PLANO DO PINGUIM! 47

CAPÍTULO 5
A FUGA! 59

CAPÍTULO 1

A PERSEGUIÇÃO!

CRUNCH!

CRUNCH!

CRUNCH!

Os pneus blindados do Batmóvel ressoaram sobre os cacos de vidro que sujavam o asfalto iluminado pela lua.

O vidro era da janela da Joalheria de Gotham City. Um ladrão invadiu a loja e, agora, estava de saída — com uma sacola cheia de diamantes.

O ladrão fugiu com um caminhão enquanto o Batmóvel se aproximava.

SCREEEEE!

O caminhão acelerou. Batman trocou a marcha do Batmóvel. A perseguição começou!

"Pare seu veículo!", gritou o Batman pelo alto-falante do Batmóvel.

A única resposta do ladrão foi acelerar. O caminhão ia em direção a um cruzamento. Um carro tentava atravessar — e o caminhão bateria nele!

Batman ativou o alto-falante novamente. "Pare imediatamente!", ele gritou.

A motorista do carro esterçou o volante. O caminhão passou voando, com apenas alguns centímetros de distância.

Batman afundou o pé no acelerador. Enquanto o Batmóvel ia ainda mais rápido, o Cavaleiro das Trevas apertou um botão.

CLICK!

SHHHOOOSH!

O vento entrou no Batmóvel quando o teto retrátil se abriu. Batman destravou o cinto de segurança e saltou pela abertura do teto.

CLUNK!

Ele pulou no capô do Batmóvel, equilibrando-se enquanto o veículo acelerava pela rua.

O volante estava solto. Mais à frente havia uma curva fechada. Se o Batmóvel continuasse em linha reta, ele bateria.

Equilibrando-se no capô, o Cavaleiro das Trevas pegou um equipamento do tamanho e do formato de um telefone celular no seu Cinto de Utilidades — era o controle remoto do Batmóvel.

Apertando botões no controle, Batman virou o Batmóvel na curva e se aproximou ainda mais do caminhão.

"Pare!", gritou o Batman ao ladrão que dirigia o caminhão. Mas ele não parou.

Em vez disso, ele desviou em direção ao Batmóvel!

CRUNCH!

A lateral do caminhão bateu na porta do Batmóvel. Batman escorregou do capô, mas ele já tinha a arma de gancho a postos.

Ele a disparou.

CRUNK!

O gancho se prendeu na traseira do caminhão.

REEEEEEEEEE!

A corda da arma se retraiu e puxou o Batman rapidamente para o caminhão.

CLICK!
BAMM!!

O caminhão girou num círculo. Batman segurou firme enquanto o veículo batia em um prédio abandonado.

HISSSSSS!

Uma nuvem de fumaça saiu do motor do caminhão quando ele, finalmente, parou.

O Cavaleiro das Trevas agarrou o ladrão atordoado e o puxou para fora do caminhão. "Você é o quarto bandido que capturo hoje!", reclamou Batman. "Você também está às ordens do Pinguim?"

O bandido, assustado, assentiu com a cabeça. Mesmo que o Batman tivesse capturado mais um dos homens do Pinguim, ele não estava contente.

Não havia uma maneira de o Batman capturar o Pinguim. Ele já tinha sido pego há dois meses pelo Cavaleiro das Trevas. Desde então, estava na prisão. Então, como seus capangas ainda estavam agindo em Gotham?

"Ele está planejando crimes de dentro da cela", Batman pensou. "E isso precisa acabar".

* * *

Uma hora depois, o Batmóvel estacionou em frente à prisão onde o Pinguim estava. O enorme prédio se destacava no horizonte de Gotham City. Diferentemente do Asilo Arkham ou da Penitenciária Blackgate, era uma prisão privada, cujo dono era um empresário. Batman não seria bem-vindo lá como nas outras prisões.

Ao descer, deu de cara com dois guardas.

"Você já está perto o suficiente", um deles disse.

"Ninguém cruza os portões da prisão a menos que o Diretor tenha autorizado", disse o outro.

Então, o enorme portão da prisão se levantou, enquanto um homem caminhava em sua direção. Ambos os guardas o cumprimentaram. "Boa noite, Diretor", disseram.

"Acalmem-se, homens", disse o Diretor. Então, ele se virou ao Cavaleiro das Trevas. "O que você está fazendo aqui, Batman?"

"Eu preciso de acesso à sua prisão", disse o Batman.

O Diretor hesitou. "Acho melhor não", falou. "Se você entrasse na minha prisão, causaria uma rebelião. Inclusive, você é o motivo pelo qual a maioria dos prisioneiros está aqui".

"Há apenas um prisioneiro no qual estou interessado", disse o Batman. "O Pinguim".

"Cobblepot?", respondeu o Diretor. "Ele tem sido um prisioneiro modelo! A minha prisão tem regras bastante estritas, mas justas. Se você for bom, terá privilégios especiais. Se quebrar as regras uma vez, você receberá afazeres da cozinha. Se quebrar as regras duas vezes, é mandado ao buraco."

O Diretor sorriu para o Batman. "Cobblepot cumpriu todas as obrigações", disse o Diretor. "Eu gostaria que todos os meus prisioneiros fossem como ele".

"Poucos criminosos são como o Pinguim", disse o Batman. "Ele continua usando sua genialidade para planejar crimes. De dentro da sua prisão, bem abaixo do seu nariz."

"Se esse é o caso, então eu mesmo lidarei com isso", disse o Diretor, firmemente. "Como você disse, é a minha prisão".

"Ligue para o Delegado Gordon", Batman disse ao Diretor. "Ele confirmará o que estou dizendo".

"Sim, eu ouvi dizer que o Delegado Gordon confia em você", disse o Diretor. "Mas ele não tem autoridade aqui. Esta prisão é propriedade de uma empresa privada. Temos um contrato com Gotham City para abrigar seus criminosos, mas, aqui, seguimos nossas próprias regras."

Batman revirou os olhos. *Já imagino onde esta conversa vai chegar*, pensou.

"Uma dessas regras é que ninguém entra sem a minha permissão", continuou o Diretor. "Agora, se você pode me dar licença, preciso voltar ao trabalho."

MAS O PINGUIM ESTÁ MANIPULANDO-
ESTA É UMA PROPRIEDADE PRIVADA.
SE VOCÊ NÃO SAIR...
...SEREI FORÇADO A REMOVÊ-LO DO LOCAL.
SNAP!
SAIA DAQUI, BATMAN.
ANTES QUE ACABEMOS COM VOCÊ!

Batman não queria arranjar uma briga e não tinha outra opção. Então, ele voltou ao Batmóvel e partiu para a Batcaverna.

* * *

Meia hora mais tarde, o Batmóvel chegou na Batcaverna. Batman saltou do carro e usou o controle remoto para diminuir a velocidade até parar, enquanto corria para o Batcomputador.

TAP

TAP

TAP!

Os dedos do Batman corriam o teclado enquanto ele procurava por todas as informações sobre a prisão. Ele tinha que encontrar outra forma de descobrir o que o Pinguim estava planejando.

O Batcomputador encontrou a **planta** da prisão. Batman a analisou na tela gigante do seu supercomputador. Era exatamente o que ele tinha imaginado: uma construção bastante sólida. O único jeito de entrar e sair era pelo portão frontal.

E o Diretor deixou claro que não abriria o portão para ele.

Então, o Batman teve uma ideia. "Talvez haja uma forma de o Diretor abrir o portão para mim."

O Diretor disse que a prisão era controlada por uma empresa privada, Bruce pensou. *Bem, e se Bruce Wayne comprasse essa empresa?*

Apesar de poucas pessoas saberem, Bruce Wayne era o Batman. Bilionário, Bruce tinha dinheiro suficiente para comprar a prisão no qual o Pinguim estava detido. E, uma vez que fizesse isso, ele poderia mandar o Diretor autorizar a entrada do Batman.

No entanto, para comprar a empresa, ele precisava descobrir quem era o proprietário.

TAP

TAP

TAP!

Os dedos deslizavam no teclado.

Batman conseguiu rastrear as empresas terceirizadas da prisão, que forneciam a comida e o serviço de lavanderia. Ele tentou rastrear as transações relativas ao proprietário da prisão.

No entanto, após mais uma hora de pesquisas, Batman ainda não tinha conseguido achar o nome do dono da prisão.

"Isso é estranho", disse o Batman. "Essa informação deveria estar em registros públicos. Isso significa que seja lá quem for o proprietário não quer que ninguém saiba quem ele ou ela é. Poderia ser uma corporação falsa ou um grupo de investidores. Pode levar semanas para determinar. E eu não tenho todo esse tempo."

Batman passou os dedos no queixo. "Eu não posso comprar a prisão se não souber quem vai vendê-la", disse o Batman. "Então como posso fazer com que o Diretor abra o portão e me convide para entrar?"

De repente, Batman pensou em uma possível solução. Era arriscada. Muito arriscada.

Mas também era a única forma que o Batman teria de entrar na prisão. E ele precisava fazer aquilo para descobrir o que o Pinguim estava fazendo, ou a farra de crimes por trás das barras acabaria com Gotham City.

CAPÍTULO 2

PRISIONEIRO!

Dois dias depois, o Batmóvel estacionou na porta do Departamento de Polícia de Gotham City.

O Delegado Gordon e mais uma dúzia de policiais desceram as escadas correndo em direção ao Batmóvel.

"Mais alguns bandidos para colocar na cadeia?", perguntou o Delegado Gordon.

"Apenas um", disse o Batman pelo alto-falante do Batmóvel.

CUIDADO, HOMENS!
BATMAN SEMPRE ENTREGA OS MAIS PERIGOSOS BANDIDOS...
SSSSSSSSS
BRUCE WAYNE?!
EU MESMO.

CRUNK!

A porta do Batmóvel fechou com força.

SCHROOOOM!

O Batmóvel partiu em alta velocidade.

Bruce estava dirigindo o Batmóvel em segredo, com o controle escondido em sua mão. Ele dobrou a esquina e apertou um botão que enviou o Batmóvel a uma localização pré-programada.

"Pare!", ordenou um policial.

"O quê?", perguntou Bruce.

O policial viu que Bruce tinha algo em suas mãos. "O que é isso?", perguntou. "O que você está escondendo na sua mão?"

"É o meu telefone", disse Bruce, o que era verdade, pois o controle também funcionava como celular. "Já que estou detido, achei que devesse ligar para o meu advogado."

No entanto, Bruce sabia que se alguém olhasse para o aparelho atentamente, veria que tem outro propósito. Por isso, Bruce o derrubou e fingiu tropeçar sobre ele.

CRUNCH!

O controle foi esmagado sob seu sapato. "Que desastrado!", disse Bruce. "Acho que estou nervoso. Nunca fui preso antes".

O Delegado Gordon colocou as algemas em Bruce. "Agora você foi", disse.

"Ma-mas este é Bruce Wayne!", exclamou um dos policiais. "Ele é milionário!"

"Na verdade, bilionário", disse o Delegado Gordon. "Mas eu confio no Batman, Sr. Wayne, e, assumindo que as acusações são verdadeiras, você vai à prisão."

* * *

Uma hora mais tarde, Bruce estava em frente à prisão quando os portões se abriram.

WHIRRRRRR!

O Diretor apareceu. "Sr. Wayne", disse. "Lamento encontrá-lo sob estas circunstâncias. De qualquer forma, seja bem-vindo. Eu diria para aproveitar sua estadia, mas provavelmente isso não vai acontecer."

Bruce engoliu a seco, fazendo o papel de bilionário preocupado. *Bem, consegui que o Diretor abrisse o portão para mim,* pensou Bruce ao caminhar para o interior da prisão. *Agora é a parte difícil.*

Assim que entrou, Bruce teve que vestir o uniforme de prisioneiro. O Diretor levou o terno de 4 mil dólares e a gravata de 400 dólares, bem como sua carteira e pertences.

Bruce sabia que ele teria de entregar tudo que trouxe com ele e, por isso, não trouxe o traje do Batman, o Cinto de Utilidades ou qualquer um dos seus aparelhos especiais.

Bruce respirou fundo e entrou na sua cela como um prisioneiro. Mesmo que estivesse usando o uniforme da prisão, ele se sentiu exposto e **vulnerável**.

Os detentos gritavam de suas celas enquanto Bruce passava por eles. Bruce reconheceu muitos daqueles rostos, pois Batman os havia prendido. Os homens naquelas celas eram ladrões, sequestradores ou pior.

Mesmo que Bruce compreendesse a psicologia da mente criminosa, eles ainda eram perigosos e imprevisíveis.

SWUNK!

SWUNK!

SWUNK!

Todas as portas das celas se abriram! Centenas de criminosos saíram de suas celas. Sem nenhum de seus equipamentos, não havia nada que Bruce pudesse fazer contra tantos inimigos caso o atacassem.

Mas nenhum deles o fez. "Hora do pátio!", gritou um dos guardas. "Saiam. Todos vocês! Mexam-se!"

Bruce soltou um riso aliviado ao ver que os prisioneiros obedeceram às ordens do guarda e marcharam até o pátio.

"Isso inclui você, espertinho!", disse o guarda a Bruce.

Bruce encolheu os ombros e fez o que lhe foi pedido. Ele saiu de sua cela e entrou no pátio da prisão.

Lá fora, Bruce notou que os detentos tinham se dividido em vários grupos, que incluíam bandidos e contratados de uma porção de vilões que Batman já havia encarado.

Pássaros de uma pluma banham juntos, pensou ele. Que apropriado.

Bruce fez uma conta de cabeça rápida. Cada grupo era composto por cerca de 40 prisioneiros, e liderado por um único guarda. Para Bruce, os guardas pareciam-se mais com sargentos, liderando soldados em formação com um treino básico. Eles faziam flexões, saltos e abdominais, como soldados no exército.

Os pensamentos de Bruce foram interrompidos quando um guarda o empurrou pelas costas. "Mexa-se como os outros!", ordenou.

Bruce sabia que tinha que agir como um esnobe. Senão, o guarda poderia suspeitar. Ele tinha que continuar fazendo o papel do bilionário Bruce Wayne.

"Receio que não tenham ensinado esse tipo de coisa no internato em que estudei", disse Bruce. "Talvez você devesse demonstrar os exercícios antes..."

"Você não pode responder ao seu oficial comandante assim!", disse alguém atrás de Bruce.

Ao se virar, Bruce viu que era o Diretor.

"Você não é mais um membro da alta sociedade", disse o Diretor, direcionando-se a Bruce. "Agora, você é um membro da *minha* sociedade. Você é meu prisioneiro, como todos os outros."

O Diretor apontou o dedo na cara de Bruce. "Eles obedecem as minhas ordens e fazem os exercícios", disse ele. "E você fará o mesmo."

Bruce analisou o pátio. Nem todos os prisioneiros estavam fazendo os exercícios.

POR QUE ELE NÃO ESTÁ FAZENDO AS ATIVIDADES?
ELE CONQUISTOU PRIVILÉGIOS!

"Você é novo aqui", acrescentou o Diretor. "Então você ainda não conquistou nada aqui. Você pode conquistar privilégios ou punições. A escolha é completamente sua. Agora, entre na fila e comece o trabalho como o resto dos detentos. Pague vinte!"

"Que tal se eu não fizer nada e te pagar vinte?", disse Bruce. "Você pegou minha carteira com as minhas roupas, mas se você for buscar, vai ver que está recheada de notas de vinte. Cinquenta e cem também."

O Diretor pareceu surpreso e irritado. "Parece que você precisa aprender uma lição", disse.

"Comecem os treinos de combate!", o Diretor gritou. Imediatamente, todos os detentos do pátio começaram a praticar artes marciais.

Por que os prisioneiros estão aprendendo habilidades de combate na prisão?, Bruce se perguntou.

O Diretor acenou para um prisioneiro. "Sim, senhor!", disse o prisioneiro, saudando-o. O homem tinha o dobro do tamanho de Bruce.

"Preciso que você dê ao Sr. Wayne uma aula de artes marciais", disse o Diretor ao prisioneiro.

WHUMP!

O Diretor empurrou Bruce em direção ao brutamonte. "E que seja uma aula dolorosa", acrescentou o Diretor. "Muito dolorosa".

Como Batman, Bruce havia estudado artes marciais por anos. Ele era um dos melhores do mundo, mas não podia revelar isso.

Bruce tinha duas opções. A primeira era aceitar apanhar, porém, a ideia de ceder a um bandido não o agradava.

A segunda opção era continuar bancando o bobo. Todos esperavam que Bruce Wayne fosse mimado e fresco, especialmente com atividades físicas.

Bruce não queria levar um soco, então, escolheu a segunda opção. *Isso será desafiador*, ele pensou.

PREPARE-SE PARA A DOR!
EI, OLHE- -UMA MOEDA.
AH, É SÓ UMA PEDRA.
TRIP!
THUMP!
OOPS.
SEU IDIOTA!

A ideia de Bruce funcionou — tudo pareceu um acidente!

Bruce passou a mão pela cabeça, tentando parecer envergonhado. "Desculpem-me por isso", disse Bruce, com um sorriso no rosto. "Foi um acidente."

O Diretor não sorriu de volta. É contra as regras que qualquer prisioneiro encoste no Diretor!", resmungou. "Mesmo por acidente!"

Bruce abriu a boca para falar, mas mudou de ideia. Se ele dissesse que, na verdade, não havia tocado no Diretor, ele pioraria a situação. Pessoas como aquele homem não gostavam que alguém apontasse seus erros, e Bruce não queria se meter em mais confusões.

Um dos guardas correu para ajudar o Diretor a se levantar. "O que devemos fazer com ele?", perguntou o guarda.

O Diretor se limpou com as mãos. "É sua primeira falta", ele disse. "Você sabe o que isso significa. Coloque-o nos afazeres da cozinha."

CAPÍTULO 3

PUNIÇÃO!

Dez minutos mais tarde, o guarda empurrou Bruce para dentro da cozinha. "Comece a trabalhar!", ele ordenou.

"Trabalhar?", perguntou Bruce. "Meu caro, eu não trabalhei um dia da minha vida. Eu não sei nada sobre trabalhar em uma cozinha."

"Bem, aqui vai a primeira tarefa", disse o guarda, empurrando Bruce mais uma vez. "Entre na dispensa e pegue mais aveia!"

Bruce fez o que o guarda pediu e entrou na dispensa. Lá, ele fechou a porta rapidamente. Ele passou pela caixa de aveia e se aproximou de um depósito de farinha enorme.

SCRAPE!
SCRAPE!
SCRAPE!
CLICK
CLICK
CLICK

No dia anterior, Bruce havia comprado a empresa que fornecia comida para a prisão. Assim, ele poderia facilmente esconder seu equipamento nas entregas diárias.

O compartimento secreto no contêiner de farinha tinha espaço suficiente para guardar seu traje e o controle remoto do Batmóvel. O Cinto de Utilidades estava escondido em uma caixa de feijões secos.

Quando Batman encontrou o Diretor pela primeira vez fora da prisão, o homem havia lhe dito que a primeira tarefa que os prisioneiros desobedientes recebiam eram afazeres da cozinha.

"Parece que arranjar confusão no pátio funcionou", disse Bruce para si mesmo.

Bruce rapidamente colocou o traje do Batman e o controle remoto sob o uniforme da prisão. Então, ele correu até a caixa de feijões secos e, logo quando colocou as mãos lá dentro...

WHAM!

A porta da dispensa se abriu com força e um detento gigante entrou.

"O chefe quer vê-lo", rosnou o bandido.

"Por que o Diretor iria querer me ver?", perguntou Bruce. Ele ajeitou o uniforme para ter certeza de que o traje e o controle do Batmóvel estavam bem escondidos. "Ele acabou de me mandar aqui."

"Não", rosnou o detento. "Eu disse que o *chefe* quer vê-lo. Você não sabe nada, não é mesmo?"

Bruce hesitou. O bandido não foi muito educado, mas ele não conseguiu pensar em um motivo para não ir.

"Vamos, comece a se mexer!", disse o prisioneiro, apertando os punhos.

A porta atrás do prisioneiro estava aberta. Bruce viu uma dúzia de prisioneiros trabalhando na cozinha.

Se eu usar minhas armas sujas de feijão agora, pensou Bruce, todos estes prisioneiros vão me ver e descobrir que eu sou o Batman. Preciso esperar pelo momento certo.

O detento enorme estava cada vez mais impaciente. "Vamos!", ele rosnou.

Bruce não tinha escolha.

Ele encolheu os ombros e seguiu o prisioneiro, deixando suas armas e ferramentas escondidas na caixa de feijões.

O brutamonte levou Bruce pelos corredores entre as celas. A maioria delas estava ocupada por prisioneiros.

Então, eles subiram a escadaria de metal que levava ao segundo andar. Lá, a maioria das celas estava vazia.

Eles passaram por mais celas vazias até chegarem à última. Esta cela não estava vazia, e era diferente das demais.

O detento empurrou Bruce em direção à cela. "Ande", disse.

OOF.
OLÁ!
DEVO ME DESCULPAR EM NOME DO DIRETOR
COLOCAR UM HOMEM COMO VOCÊ PARA TRABALHAR NA COZINHA É MUITO RUDE!

Bruce deu de ombros. "Acho que quando se é um prisioneiro, tem que se acostumar a receber ordens do Diretor", ele disse.

O Pinguim tomou um gole da bebida gelada na sua mão. "Sim", disse. "É o que você pensaria, não é?"

O Pinguim se levantou. "No entanto, eu não te chamei aqui para falar sobre o Diretor", ele continuou. "Pelo menos, não exatamente. Eu pude conhecer todos os outros prisioneiros muito bem desde que cheguei aqui, mas você é novo. Preciso decidir se posso confiar em você."

Ele se inclinou, aproximando-se de Bruce. "Porque", ele sussurrou, "estou planejando algo grande. Muito grande."

"E o que é?", Bruce sussurrou. Ele não conseguia acreditar na sorte que teve. Isso era exatamente o que ele veio descobrir na prisão!

O Pinguim não respondeu. Em vez disso, ele acenou com a cabeça. "Eu já fui longe demais dizendo tudo isso a você", disse o vilão. "Então, primeiro, diga-me: posso confiar em você?"

Bruce era uma das pessoas mais espertas de Gotham City. Ele sabia que deveria escolher as palavras com cuidado.

Bruce concordou. “É claro”, disse. “Eu não seria tão bem sucedido nos negócios se não cumprisse promessas.”

Ele sabia que sua palavra não seria o suficiente para conquistar a confiança do vilão. Então, o Pinguim acenou com a cabeça novamente.

“Talvez você esteja dizendo a verdade”, disse o Pinguim. “Ou talvez você diria ao Diretor tudo que acabei de lhe dizer. Só tem uma forma de saber.”

O Pinguim estalou os dedos.

“Sim, senhor?”, alguém disse.

Bruce se virou e viu o Diretor entrando na cela.

“O senhor me chamou, Sr. Cobblepot?”, disse o Diretor. “Algo que eu possa fazer pelo senhor?”

"Sim", respondeu o Pinguim. "Você pode ouvir ao Sr. Wayne, aqui. Acho que ele tem algo a lhe dizer sobre meus planos."

"Vá em frente, Sr. Wayne", disse o Diretor, tranquilamente. "Se o Sr. Cobblepot quer que eu ouça o que tem a dizer, fico mais que contente. Afinal, ele é o chefe!"

CAPÍTULO 4

O PLANO DO PINGUIM!

De repente, Bruce entendeu. Tudo fez sentido. "Você é dono desta prisão, não é?", disse ele ao Pinguim. "O Diretor, os guardas — todos trabalham para você!"

O Pinguim sorriu. "Não apenas eles", ele disse. "Os prisioneiros também são meus serviçais. Você deve ter percebido que tenho os treinado. Tornei todos um exército do crime!"

"Por que você me diria tudo isso?", perguntou Bruce.

"Porque eu preciso ter certeza de que posso confiar em você, Wayne", disse o Pinguim.

O Pinguim caminhou ao redor de Bruce em círculos, como se o estivesse observando em uma gaiola. "Esta noite, eu vou libertar o exército criminoso que venho treinando por Gotham City", disse o Pinguim. "Batman sempre consegue deter um ou dois dos meus homens, mas nem mesmo o Cavaleiro das Trevas será capaz de deter um exército inteiro de bandidos bem treinados!"

O Pinguim parou de circular e colocou seu bico bem na cara de Bruce. "Veja, estes homens foram treinados para agir como soldados e obedecer a todos os meus comandos", regozijou o Pinguim. "O sucesso depende da obediência deles. Por isso, você entende que eu preciso saber se o mais novo detento desta prisão está disposto a seguir meu plano."

Bruce concordou. "Eu não vou interferir", ele disse. "Quero sair daqui tanto quanto você."

O Pinguim franziu a testa.

"Gostaria de acreditar em você, Sr. Wayne", disse o Pinguim. "Eu realmente gostaria. Suas qualidades seriam muito úteis nos próximos estágios do meu plano de domínio de Gotham City. Infelizmente, não posso me arriscar confiando em você."

"Então, o que devemos fazer com ele, senhor?", perguntou o Diretor.

"Esta prisão tem regras", respondeu o Pinguim. "Siga-as. Este prisioneiro já fez as tarefas da cozinha. Qual punição ele deve receber agora?"

O Diretor zombou. Ele fez um gesto aos guardas. "Mandem-no ao buraco!", ordenou.

O buraco era o que todos da prisão chamavam de "solitária": uma cela minúscula na qual cabia apenas uma pessoa. Não havia janelas e nem mesmo barras. Apenas paredes de concreto e uma porta de aço sólida.

Bruce sentou-se sozinho no escuro. Ele não podia ver nada lá fora e nenhuma luz entrava na cela.

No entanto, havia uma coisa boa sobre a escuridão: ninguém conseguiria ver Bruce ali!

Bruce vestiu o Bat-uniforme que estava escondido por baixo da sua roupa, junto ao controle remoto do Batmóvel.

Mas aquilo era tudo o que ele tinha. Suas armas de luta contra o crime e seu Cinto de Utilidades ainda estavam escondidos na caixa de feijões na dispensa da cozinha.

Se ele tivesse pelo menos um dos seus Batarangs explosivos, ele conseguiria fugir daquela cela facilmente. Sua tocha de laser poderia derreter aquelas paredes como manteiga. Contudo, ele não tinha nada daquilo.

A única coisa que ele tinha era o controle remoto do Batmóvel. *Mas isso pode servir para quê?*, ele pensou.

* * *

No hall principal da prisão, o Pinguim estava acompanhado de suas tropas.

À sua frente estavam todos os guardas da prisão e os detentos. Cada um dos guardas trabalhava como um sargento, com um pelotão de prisioneiros a postos atrás deles. Eles se pareciam exatamente com um exército treinado.

"Todo treinamento valerá a pena", disse o Pinguim ao seu exército. "Sob o meu comando e o do Diretor, este exército do crime **saqueará** Gotham City e roubará cada item valioso que esta cidade tem a oferecer!"

Todos os detentos o saudaram. "Sim, senhor!", gritaram em uníssono.

"Vocês foram bem treinados", disse o Pinguim. "Contanto que sigam minhas ordens, vocês não falharão. Ao contrário, prosperarão. Cada um de vocês será mais rico do que jamais imaginou!"

Enquanto os homens o aplaudiam, o Pinguim cambaleou até o botão que abria o enorme portão frontal. "Gotham City está à nossa disposição!"

QUANDO ESTE PORTÃO SE ABRIR...
...A POLÍCIA NÃO PODERÁ FAZER NADA PARA NOS DETER!
CLICK!
ABRA-TE SÉSAMO!
O QUÊ?!

Foi tudo que o Pinguim conseguiu dizer antes que o Batmóvel acelerasse em sua direção. Ele pulou para o lado enquanto o Batmóvel atingia o painel de controle do portão da prisão.

WHA-THUNK!

O portão gigante fechou de vez, prendendo o Pinguim e seu exército de criminosos lá dentro! O Batmóvel acelerou para dentro da prisão.

O Pinguim se dirigiu ao seu exército. "Equipe A, parem o Batman!", ordenou. "O resto dos homens, fiquem aqui! Temos que abrir esse portão!"

"Sim, senhor", gritaram os prisioneiros e os guardas.

Os detentos da Equipe A estavam contentes em perseguir o Batmóvel. Afinal, o Batman era a razão de todos estarem presos. Eles viram aquela chance como o momento perfeito para uma vingança.

Mas, enquanto isso, na cela solitária, Batman estava estático. Seus dedos eram a única coisa que se moviam. Eles manipulavam o controle remoto do Batmóvel para que o carro se deslocasse pela prisão!

A escuridão o ajudou, pois ele teve que se concentrar muito para se lembrar de cada detalhe da planta da prisão que havia visto no Batcomputador. Mesmo que Batman fosse uma das pessoas mais inteligentes de Gotham City, esta tarefa estava levando seu cérebro ao limite. Ele teve de se lembrar de cada corredor e cada canto da planta. Ao mesmo tempo, tinha que calcular a velocidade exata do Batmóvel para saber quando virar.

Se ele falhasse, o Batmóvel nunca chegaria na sua cela!

SCREEEEEEEEEEEEEEE!

Batman ouviu o Batmóvel correndo pelos corredores entre as celas. Ele fez uma curva brusca.

MAIS PERTO...
CRASH!
LÁ ESTÁ O BATMAN! PEGUEM-NO!

Batman estava cercado.

Um dos muitos bandidos apontou para ele. Peguem-no!", ele gritou. "Não o deixem escapar."

CAPÍTULO 5

A FUGA!

O grupo de criminosos rodeou Batman. Eles bufavam de raiva. Os punhos estavam cerrados e prontos para atacar.

O Cavaleiro das Trevas se protegeu enquanto quarenta detentos seguiam em sua direção.

WHAM!

Batman nocauteou o guarda que os comandava, mas eles continuavam vindo.

WHAM!

SLAM
WHAP!

Batman lutou conta dois, três e até quatro ao mesmo tempo. Ele se contorceu, se esquivou, chutou e socou. Mas, a cada um que ele conseguia derrubar, surgiam mais dois.

Havia homens demais. Batman apertou um botão no controle do Batmóvel. Nada aconteceu. Nem o carro e nem o controle funcionaram.

Enquanto os prisioneiros o cercavam, Batman olhava à sua volta procurando desesperadamente por algo que pudesse usar contra eles. Infelizmente, prisões tomam o cuidado de não deixar nenhum objeto que possa ser usado como arma. Tudo o que o Batman tinha eram seus punhos e seus pés.

E sua cabeça!

BAM!

Batman deu uma cabeçada no prisioneiro que o atacava. Além disso, também usava suas mãos, criando estratégias e calculando cada movimento.

Ele precisava chegar ao portão frontal. Lá, havia dez vezes mais prisioneiros, esperando para invadir Gotham City.

Ainda havia mais trinta prisioneiros da Equipe A bloqueando seu caminho. Então, Batman correu na direção oposta. Enquanto os criminosos da Equipe A o perseguiam, ele se afastava cada vez mais do portão.

Os prisioneiros o perseguiram até a cozinha, que era exatamente onde Batman queria chegar! **BAMP!**

SSCHLUNK!

Batman

abriu a tampa.

O cheiro forte de feijões congelados infestou o lugar. Batman ignorou e colocou as mãos dentro da caixa.

CLICK

CLICK

CLICK!

Ele inseriu um código secreto que abria o fundo falso da caixa.

SSCHLUNK!

Lá estava o Cinto de Utilidades, com todos os seus equipamentos de combate ao crime e armas. Agora, ele tinha tudo que precisava.

Os prisioneiros da Equipe A correram em direção à porta da cozinha. Batman jogou o Batarang e protegeu os olhos.

BA-BANG!

O flash de luz foi cegante. "Ahhhh", gritaram os prisioneiros, cobrindo os olhos.

Batman sabia que eles recuperariam a visão em poucos segundos, mas ele tinha exatamente o tempo de que precisava.

O Cavaleiro das Trevas sacou outro Batarang e o arremessou em direção aos bandidos.

WOOOOOOOOSH!

WHIRRRRRR
MAS O QUE--?!
POP!

O Cavaleiro das Trevas passou correndo por eles, deu uma volta com a corda ao redor deles e amarrou-a na porta da dispensa. Então, ele correu pela cozinha em direção ao hall gigante onde ficavam todas as celas.

Lá, encontrou o Pinguim e o Diretor esperando por ele. Atrás deles, estavam todos os outros prisioneiros do exército do Pinguim!

"Eu não sei o que você pensa que está fazendo aqui, Batman!", resmungou o Pinguim. O vilão respirou fundo. "Ou por que você cheira a feijões congelados! Mas isso não importa! Você se acha muito esperto, não é? Você destruiu o controle do portão com o Batmóvel!"

Batman acenou com a cabeça. "A polícia está a caminho", ele disse. "E você não vai a lugar algum."

"Mas quando a polícia chegar", rosnou o Pinguim, "vão te encontrar destruído! Você não tem chance contra um exército! Você é apenas um homem.

"Não um homem", disse o Cavaleiro das Trevas. "Um Batman". Então, ele correu em direção ao exército do Pinguim!

"Ataquem!", ordenou o Pinguim a seus homens.

O Pinguim comandou os guardas e os prisioneiros como um general em um exército. Ele ordenou que duas equipes atacassem Batman pela esquerda e mais dois pela direita.

Parecia que Batman seria esmagado... até que ele pegou um Batarang de fumaça do seu Cinto de Utilidades e arremessou.

TSSSSSSSS!

A fumaça saiu do Batarang e voou sobre a cabeça do Pinguim.

WHISH-WHISH-WHISH!

A fumaça foi borrifada, fazendo com que a **irrigação** de emergência da prisão fosse ativada e molhasse todo o chão, deixando-o escorregadio.

SLUPP!

SLIP!

THUMP!

Os detentos que corriam em direção ao Batman escorregaram e caíram no chão. Alguns tentaram se levantar, mas caíram novamente.

Enquanto os sapatos dos prisioneiros eram comuns e tinham sola fina, as botas do Batman eram grossas e tinham ranhuras na sola. Isso permitia que ele corresse sobre o chão escorregadio sem se preocupar em escorregar.

Toda a fumaça dificultou a visão do Pinguim, que não sabia direcionar os prisioneiros ao ataque. Já que eles foram treinados para obedecer às ordens do Pinguim, eles só esperaram o líder dizer o que fazer.

"Equipe D", disse o Pinguim. Ele hesitou. O vilão perguntou ao Diretor, que estava ao seu lado. Ele deu de ombros.

SCHWING!

FWACK!

Sem o Pinguim para lhes dar ordens, os prisioneiros e guardas ficaram confusos. "O que devemos fazer?!", um deles perguntou.

Batman aproveitou para atacar os criminosos. Dois tentaram detê-lo, mas ele os derrubou com um chute.

OOOMPH!

Os detentos caíram de costas, derrubando os outros contra as barras.

CLANG!

Batman já tinha um Batarang elétrico em suas mãos. Ele o atirou com força.

Z-Z-Z-Z-ZAP!

O Batarang atingiu as barras e soltou uma descarga elétrica que correu pelos metais e eletrocutou os prisioneiros. Eles caíram no chão, inconscientes. O resto dos guardas e prisioneiros fugiram, confusos e em pânico.

A luta tinha chegado ao fim.

* * *

Pouco tempo depois, o Delegado Gordon e sua polícia chegaram na prisão.

CRASH!

Levou um tempo, mas eles conseguiram abrir o portão espesso de entrada.

Quando entraram, não encontraram Batman ou o Batmóvel. Apenas todos os prisioneiros, incluindo o Pinguim e o Diretor, dentro das celas.

Até mesmo Bruce Wayne!

Em seguida, o Delegado Gordon recebeu uma ligação no seu celular.

"Alô?", respondeu o Delegado.

"Aqui é o Batman!", sussurrou o Cavaleiro das Trevas pelo telefone. Gordon não sabia, mas Bruce já tinha deixado esta mensagem gravada pelo Batmóvel depois de esconder o carro e seu traje fora da prisão.

"Bruce Wayne é inocente", o Delegado ouviu Batman dizer. "Ele estava trabalhando comigo em segredo. Eu precisava de alguém dentro da prisão para descobrir a verdade sobre o que estava acontecendo."

Gordon franziu a testa. "Mas por que Bruce Wayne?", perguntou.

"O Sr. Wayne descobriu que o Pinguim era o proprietário desta prisão e estava a usando para treinar um exército de criminosos", disse o Batman. "Ele tinha uma posição privilegiada se fosse colocado na cadeia. Ele se ofereceu para entrar e parar o Pinguim antes que o exército conseguisse sair."

Tudo aquilo era verdade. Bruce Wayne tinha feito aquilo. A única coisa que Batman não contou foi que ele *era* Bruce Wayne.

"Você confiou em mim quando eu disse para mandar Bruce Wayne para a prisão", disse o Batman pelo telefone. "Peço que confie em mim mais uma vez e solte-o."

CLICK!

A ligação terminou.

O Delegado Gordon guardou o telefone no bolso e procurou por Bruce Wayne nas celas.

Gordon parou e pensou por alguns momentos. Então, tomou sua decisão.

* * *

Uma hora mais tarde, Bruce saiu da prisão como um homem livre.

O Pinguim, o Diretor, os guardas e os detentos estavam todos presos em segurança lá dentro.

Agora que o Delegado sabia o que tinha acontecido, ele se certificaria de que a prisão seria vendida para uma nova empresa.

Uma empresa que não fosse comandada por um dos vilões de Gotham City.

Porque, não interessa o que custasse, Batman levaria todos aqueles prisioneiros para o Asilo Arkham.

Uma prisão *de verdade*.

O PINGUIM

NOME REAL:
Oswald Cobblepot

OCUPAÇÃO:
Criminoso profissional

BASE:
Iceberg Lounge, Gotham City

ALTURA:
1,57 m

PESO:
79 kg

OLHOS:
Azuis

CABELO:
Preto

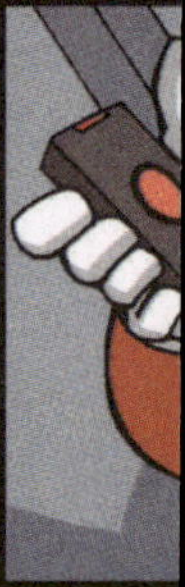

Assim como a ave a qual ele lembra, Oswald Cobblepot tem poucas habilidades de combate e não parece muito ameaçador. No entanto, ele é uma mente criminosa que está na busca constante por dinheiro fácil. Mesmo que ele seja um dos homens mais ricos de Gotham City, poucos dos seus bens vêm de fontes honestas. O Pinguim está sempre protegido por um grupo contratado de capangas.

- Sua caminhada cambaleante e seu nariz em forma de bico rendeu a ele o infame apelido de “Pinguim”. Sua busca por riqueza e sucesso vem da vontade de superar todos que caçoaram dele.

- A badalada boate do Pinguim, *Iceberg Lounge*, serve de refúgio para trapaceiros de todos os tipos. Enquanto está lá, ele abre as asas para fazer contato com a elite do crime.

- O Pinguim tem alguns truques na manga. Seus guarda-chuvas especiais podem esconder uma variedade de armas letais. Além disso, podem servir como paraquedas ou helicóptero, permitindo que ele saia voando para escapar ileso de situações de risco.

TERMOS DOS QUADRINHOS

balão de diálogo — um indicador de fala que inclui o diálogo ou os pensamentos de um personagem. Tem uma extensão que leva à boca do personagem que está falando.

borda — a moldura dos quadros. Geralmente, são retangulares, mas podem ter outros formatos para passar uma informação diferente ao leitor. Podem ter forma de nuvem para mostrar um sonho, por exemplo.

calha — espaço entre os quadros.

legenda — palavras usadas para descrever uma cena.

linhas de movimento — usadas para representar o movimento de pessoas ou objetos.

onomatopeia— palavra que expressa efeitos sonoros.

splash — desenho que ocupa uma página inteira.

GLOSSÁRIO

asilo — instituição psiquiátrica que, em Gotham City, recebe os criminosos mais perigosos em segurança máxima. No entanto, pode receber idosos, crianças ou mendigos.

irrigação — rega que pode ser feita de diversas formas. Na prisão em que Batman capturou o Pinguim, a água foi liberada devido ao detector de fumaça, que é ativado em casos de incêndio.

regozijar — tornar-se alegre, mostrar contentamento.

saquear — roubar, devastar, assaltar.

planta — desenho ou traçado horizontal que representa uma cidade ou uma construção, com seus detalhes arquitetônicos.

vulnerável — frágil, que tende a ser facilmente abalado ou destruído.

QUESTÕES VISUAIS

1. Por que o Diretor não permite que Batman entre na sua prisão? Quais segredos ele tem a esconder? Releia a história e identifique os crimes que o Diretor cometeu.

2. À esquerda, vemos prisioneiros se exercitando. À direita, vemos o Pinguim descansando. Compare as duas imagens. O que elas dizem sobre a situação da prisão?

3. Batman sai da cela solitária colidindo a Batmóvel com a parede. Liste os passos na ordem dos acontecimentos que fizeram com que o Batman escapasse, começando com o momento em que ele pegou o controle remoto.

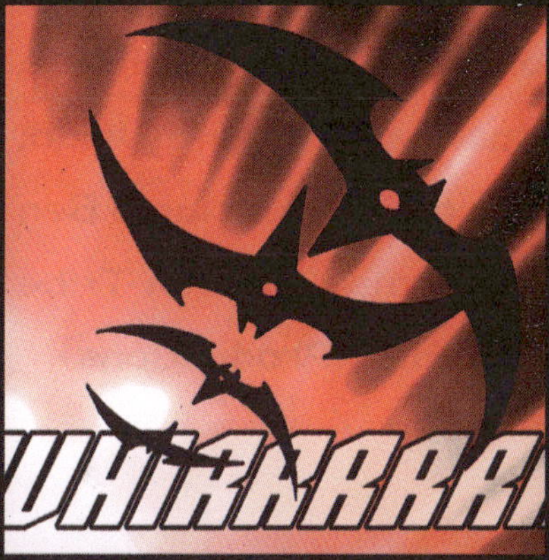

4. Batman tem muitas variedades de Batarangs. Desenhe o seu próprio Batarang. O que ele faz? Como ele funciona? Escreva sobre ele e, em seguida, faça um desenho da sua nova arma de luta contra o crime.

BIOGRAFIAS

SCOTT SONNEBORN já escreveu mais de vinte livros, uma peça de circo (para o Ringling Bros. Barnum & Bailey) e uma porção de programas de TV. Já foi indicado para um Emmy e passou três anos incríveis trabalhando para a DC Comics. Ele vive em Los Angeles com sua esposa e seus dois filhos.

LUCIANO VECCHIO nasceu em 1982 e atualmente vive em Buenos Aires, Argentina. Com experiência em ilustração, animação e quadrinhos, seu trabalho já foi publicado nos EUA, na Espanha, no Reino Unido, na França e na Argentina. Seus créditos incluem Ben 10 (DC Comics), Cruel Thing (Norma), Unseen Tribe (Zuda Comics) e Sentinels (Drumfish Productions).